Sganarelle

Molière

Copyright © 2021 Molière (domaine public)
Édition : BoD – Books on Demand, 12/14 rond-point des Champs-Élysées, 75008 Paris.
Impression : BoD - Books on Demand, Norderstedt, Allemagne.
ISBN : 9782322182480
Dépôt légal : mai 2021
Tous droits réservés
Ce livre a été produit et maquetté par Reedsy.com

PERSONNAGES ACTEURS

Gorgibus, bourgeois de Paris. L'Espy. Célie, sa fille. Mlle Du Parc. Lélie, amant de Célie. La Grange. Gros-René, valet de Lélie. Du Parc. Sganarelle, bourgeois de Paris, et cocu imaginaire (0). Molière. La femme de Sganarelle. Mlle De Brie. Vilebrequin, père de Valère. De Brie. La suivante de Célie. Magd. Béjart. Un parent de la femme de Sganarelle.

La scène est dans une place publique.

SCÈNE PREMIÈRE. - Gorgibus, Célie, la suivante de Célie.

- Célie -
(sortant toute éplorée, et son père la suivant.)
Ah! n'espérez jamais que mon coeur y consente.

- Gorgibus -
Que marmottez-vous là, petite impertinente? Vous prétendez choquer ce que j'ai résolu? Je n'aurai pas sur vous un pouvoir absolu? Et par sottes raisons, votre jeune cervelle Voudrait régler ici la raison paternelle? Qui de nous deux à l'autre a droit de faire loi? A votre avis, qui mieux, ou de vous ou de moi, O sotte! peut juger ce qui vous est utile? Par la corbleu! gardez d'échauffer trop ma bile ; Vous pourriez éprouver, sans beaucoup de longueur, Si mon bras sait encor montrer quelque vigueur. Votre plus court sera, madame la mutine, D'accepter sans façons l'époux qu'on vous destine. J'ignore, dites-vous, de quelle humeur il est, Et dois auparavant consulter s'il vous plaît: Informé du grand bien qui lui tombe en partage, Dois-je prendre le soin d'en savoir davantage? Et cet époux, ayant vingt mille bons ducats, Pour être aimé de vous doit-il manquer d'appas? Allez, tel qu'il puisse être, avecque cette somme Je vous suis caution qu'il est très honnête homme.

- Célie -
Hélas!

- Gorgibus -
Eh bien, hélas! Que veut dire ceci? Voyez le bel hélas qu'elle nous

donne ici! Eh! que si la colère une fois me transporte, Je vous ferai chanter hélas de belle sorte! Voilà, voilà le fruit de ces empressements Qu'on vous voit nuit et jour à lire vos romans ; De quolibets d'amour votre tête est remplie, Et vous parlez de Dieu bien moins que de Clélie. Jetez-moi dans le feu tous ces méchants écrits Qui gâtent tous les jours tant de jeunes esprits ; Lisez-moi comme il faut, au lieu de ces sornettes, Les Quatrains de Pibrac, et les doctes Tablette Du conseiller Matthieu ; l'ouvrage est de valeur, Et plein de beaux dictons à réciter par coeur. Le Guide des pécheurs est encore un bon livre, C'est là qu'en peu de temps on apprend à bien vivre ; Et si vous n'aviez lu que ces moralités, Vous sauriez un peu mieux suivre mes volontés.

- Célie -
Quoi? vous prétendez donc, mon père, que j'oublie La constante amitié que je dois à Lélie? J'aurais tort si, sans vous, je disposais de moi ; Mais vous-même à ses voeux engageâtes ma foi.

- Gorgibus -
Lui fût-elle engagée encore davantage, Un autre est survenu dont le bien l'en dégage. Lélie est fort bien fait ; mais apprends qu'il n'est rien Qui ne doive céder au soin d'avoir du bien ; Que l'or donne aux plus laids certains charmes pour plaire, Et que sans lui le reste est une triste affaire. Valère, je crois bien, n'est pas de toi chéri ; Mais, s'il ne l'est amant, il le sera mari. Plus que l'on ne le croit, ce nom d'époux engage, Et l'amour est souvent un fruit du mariage. Mais suis-je pas bien fat de vouloir raisonner Où de droit absolu j'ai pouvoir d'ordonner? Trêve donc, je vous prie, à vos impertinences. Que je n'entende plus vos sottes doléances. Ce gendre doit venir vous visiter ce soir ; Manquez un peu, manquez à le bien recevoir: Si je ne vous lui vois faire fort bon visage, Je vous... Je ne veux pas en dire davantage.

SCÈNE II. - Célie, la suivante de Célie.

- La suivante -
Quoi? refuser, Madame, avec cette rigueur, Ce que tant d'autres gens voudraient de tout leur coeur! A des offres d'hymen répondre par des larmes, Et tarder tant à dire un oui si plein de charmes! Hélas! que ne veut-on aussi me marier! Ce ne serait pas moi qui se ferait prier ; Et

loin qu'un pareil oui me donnât de la peine, Croyez que j'en dirais bien vite une douzaine. Le précepteur qui fait répéter la leçon A votre jeune frère a fort bonne raison Lorsque, nous discourant des choses de la terre, Il dit que la femelle est ainsi que le lierre, Qui croît beau tant qu'à l'arbre il se tient bien serré, Et ne profite point s'il en est séparé. Il n'est rien de plus vrai, ma très-chère maîtresse, Et je l'éprouve en moi, chétive pécheresse! Le bon Dieu fasse paix à mon pauvre Martin! Mais j'avais, lui vivant, le teint d'un chérubin, L'embonpoint merveilleux, l'oeil gai, l'âme contente ; Et je suis maintenant ma commère dolente. Pendant cet heureux temps passé comme un éclair, Je me couchais sans feu dans le fort de l'hiver ; Sécher même les draps me semblait ridicule, Et je tremble à présent dedans la canicule. Enfin il n'est rien tel, Madame, croyez-moi, Que d'avoir un mari la nuit auprès de soi ; Ne fût-ce que pour l'heur d'avoir qui vous salue D'un: Dieu vous soit en aide! alors qu'on éternue.

- Célie -
Peux-tu me conseiller de commettre un forfait, D'abandonner Lélie, et prendre ce mal fait?

- La suivante -
Votre Lélie aussi n'est, ma foi, qu'une bête, Puisque si hors de temps son voyage l'arrête ; Et la grande longueur de son éloignement Me le fait soupçonner de quelque changement.

- Célie -
(lui montrant le portrait de Lélie.)
Ah! ne m'accable point par ce triste présage. Vois attentivement les traits de ce visage: Ils jurent à mon coeur d'éternelles ardeurs ; Je veux croire, après tout, qu'ils ne sont pas menteurs, Et que, comme c'est lui que l'art y représente, Il conserve à mes feux une amitié constante.
- La suivante -
Il est vrai que ces traits marquent un digne amant, Et que vous avez lieu de l'aimer tendrement.

- Célie -
Et cependant il faut... Ah! soutiens-moi.
(Elle laisse tomber le portrait de Lélie.)

- La suivante -
Madame, D'où vous pourrait venir... Ah! bons dieux! elle pâme! Hé! vite, holà! quelqu'un.

SCÈNE III. - Célie, Sganarelle, la suivante de Célie.

- Sganarelle -
Qu'est-ce donc? me voilà.

- La suivante -
Ma maîtresse se meurt.

- Sganarelle -
Quoi! ce n'est que cela? Je croyais tout perdu, de crier de la sorte. Mais approchons pourtant. Madame, êtes-vous morte? Ouais! Elle ne dit mot.

- La suivante -
Je vais faire venir Quelqu'un pour l'emporter ; veuillez la soutenir.

SCÈNE IV. - Célie, Sganarelle, la femme de Sganarelle.

- Sganarelle -
(en passant la main sur le sein de Célie.)
Elle est froide partout, et je ne sais qu'en dire. Approchons-nous pour voir si sa bouche respire. Ma foi! je ne sais pas ; mais j'y trouve encor, moi, Quelque signe de vie.

- La femme de Sganarelle -
(regardant par la fenêtre.)
Ah! qu'est-ce que je vois? Mon mari dans ses bras... Mais je m'en vais descendre ; Il me trahit sans doute, et je veux le surprendre.

- Sganarelle -
Il faut se dépêcher de l'aller secourir ; Certes, elle aurait tort de se laisser mourir. Aller en l'autre monde est très grande sottise, Tant que dans celui-ci l'on peut être de mise.
(Il l'emporte avec un homme que la suivante amène.)

SCÈNE V. - La femme de Sganarelle.

- La femme de Sganarelle -
Il s'est subitement éloigné de ces lieux, Et sa fuite a trompé mon désir curieux. Mais de sa trahison je ne suis plus en doute, Et le peu que j'ai vu me la découvre toute. Je ne m'étonne plus de l'étrange froideur Dont je le vois répondre à ma pudique ardeur: Il réserve, l'ingrat, ses caresses à d'autres, Et nourrit leurs plaisirs par le jeûne des nôtres. Voilà de nos maris le procédé commun ; Ce qui leur est permis leur devient importun. Dans le commencements ce sont toutes merveilles, Ils témoignent pour nous des ardeurs nonpareilles ; Mais les traîtres bientôt se lassent de nos feux, Et portent autre part ce qu'ils doivent chez eux. Ah! que j'ai de dépit que la loi n'autorise A changer de mari comme on fait de chemise! Cela serait commode ; et j'en sais telle ici Qui comme moi, ma foi, le voudrait bien aussi.
(En ramassant le portrait que Célie avait laissé tomber.)
Mais quel est ce bijou que le sort me présente? L'émail en est fort beau, la gravure charmante. Ouvrons.

SCÈNE VI. - Sganarelle, La femme de Sganarelle.

- Sganarelle -
(se croyant seul.)
On la croyait morte, et ce n'était rien. Il n'en faut plus qu'autant: elle se porte bien. Mais j'aperçois ma femme.

- La femme de Sganarelle -
(se croyant seule.)
O ciel! c'est miniature! Et voilà d'un bel homme une vive peinture!

- Sganarelle -
(à part, et regardant par-dessus l'épaule de sa femme.)
Que considère-t-elle avec attention? Ce portrait, mon honneur, ne vous dit rien de bon. D'un fort vilain soupçon je me sens l'âme émue.

- La femme de Sganarelle -
(sans apercevoir son mari.)
Jamais rien de plus beau ne s'offrit à ma vue ; Le travail plus que l'or s'en doit encor priser. Oh! que cela sent bon!

- Sganarelle -
(à part.)
Quoi! peste, le baiser? Ah! j'en tiens!

- La femme de Sganarelle -
(poursuit.)
Avouons qu'on doit être ravie Quand d'un homme ainsi fait on se peut voir servie, Et que, s'il en contait avec attention, Le penchant serait grand à la tentation. Ah! que n'ai-je un mari d'une aussi bonne mine! Au lieu de mon pelé, de mon rustre...

- Sganarelle -
(lui arrachant le portrait.)
Ah! mâtine! Nous vous y surprenons en faute contre nous, Et diffamant l'honneur de votre cher époux. Donc, à votre calcul, ô ma trop digne femme, Monsieur, tout bien compté, ne vaut pas bien Madame? Et, de par Belzébut, qui vous puisse emporter, Quel plus rare parti pourriez-vous souhaiter? Peut-on trouver en moi quelque chose à redire? Cette taille, ce port que tout le monde admire, Ce visage, si propre à donner de l'amour, Pour qui mille beautés soupirent nuit et jour ; Bref, en tout et partout, ma personne charmante N'est donc pas un morceau dont vous soyez contente? Et, pour rassasier votre appétit gourmand, Il faut au mari le ragoût d'un galant?

- La femme de Sganarelle -
J'entends à demi-mot où va la raillerie. Tu crois par ce moyen...

- Sganarelle -
A d'autres ; je vous prie. La chose est avérée, et je tiens dans mes mains Un bon certificat du mal dont je me plains.

- La femme de Sganarelle -
Mon courroux n'a déjà que trop de violence, Sans le charger encor d'une nouvelle offense. Écoute, ne crois pas retenir mon bijou, Et songe un
peu...

- Sganarelle -
Je songe à te rompre le cou. Que ne puis-je, aussi bien que je tiens la copie, Tenir l'original!

- La femme de Sganarelle -
Pourquoi?

- Sganarelle -
Pour rien, ma mie. Doux objet de mes voeux ; j'ai grand tort de crier, Et mon front de vos dons vous doit remercier.
(Regardant le portrait de Lélie.)
Le voilà! le beau-fils, le mignon de couchette, Le malheureux tison de ta flamme secrète, Le drôle avec lequel...

- La femme de Sganarelle -
Avec lequel... poursuis.

- Sganarelle -
Avec lequel, te dis-je..., et j'en crève d'ennuis.

- La femme de Sganarelle -
Que me veut donc conter par là ce maître ivrogne?

- Sganarelle -
Tu ne m'entends que trop, madame la carogne. Sganarelle est un nom qu'on ne me dira plus, Et l'on va m'appeler seigneur Cornélius: J'en suis pour mon honneur ; mais à toi, qui me l'ôtes, Je t'en ferai du moins pour un bras ou deux côtes.

- La femme de Sganarelle -
Et tu m'oses tenir de semblables discours?

- Sganarelle -
Et tu m'oses jouer de ces diables de tours?

- La femme de Sganarelle -
Et quels diables de tours? Parle donc sans rien feindre.

- Sganarelle -
Ah! cela ne vaut pas la peine de se plaindre! D'un panache de cerf sur le front me pourvoir, Hélas! voilà vraiment un beau venez-y voir!

- La femme de Sganarelle -
Donc, après m'avoir fait la plus sensible offense Qui puisse d'une femme exciter la vengeance, Tu prends d'un feint courroux le vain amusement Pour prévenir l'effet de mon ressentiment? D'un pareil procédé l'insolence est nouvelle! Celui qui fait l'offense est celui qui querelle.

- Sganarelle -
Eh! la bonne effrontée! A voir ce fier maintien, Ne la croirait-on pas une femme de bien?

- La femme de Sganarelle -
Va, poursuis ton chemin, cajole tes maîtresses, Adresse-leur tes voeux, et fais-leur des caresses: Mais rends-moi mon portrait sans te jouer de moi.
(Elle lui arrache le portrait et s'enfuit.)

- Sganarelle -
(Courant après elle.)
Oui, tu crois m'échapper... ; je l'aurai malgré toi.

SCÈNE VII. - Lélie, Gros-René.

- Gros-René -
Enfin, nous y voici. Mais, Monsieur, si je l'ose, Je voudrais vous prier de me dire une chose.

- Lélie -
Eh bien! parle.

- Gros-René -
Avez-vous le diable dans le corps, Pour ne pas succomber à de pareils efforts? Depuis huit jours entiers, avec vos longues traites, Nous sommes à piquer de chiennes de mazettes, De qui le train maudit nous a tant secoués, Que je m'en sens pour moi tous les membres roués ; Sans préjudice encor d'un accident bien pire, Qui m'afflige un endroit que je ne veux pas dire: Cependant, arrivé, vous sortez bien et beau, Sans prendre de repos, ni manger un morceau.

- Lélie -
Ce grand empressement n'est point digne de blâme: De l'hymen de Célie on alarme mon âme ; Tu sais que je l'adore ; et je veux être instruit, Avant tout autre soin, de ce funeste bruit.

- Gros-René -
Oui, mais un bon repas vous serait nécessaire, Pour s'aller éclaircir, Monsieur, de cette affaire ; Et votre coeur, sans doute, en deviendrait plus fort Pour pouvoir résister aux attaques du sort: J'en juge par moi-même, et la moindre disgrâce, Lorsque je suis à jeun, me saisit, me terrasse ; Mais quand j'ai bien mangé, mon âme est ferme à tout, Et les plus grands revers n'en viendraient pas à bout. Croyez-moi, bourrez-vous, et sans réserve aucune, Contre les coups que peut vous porter la fortune ; Et, pour fermer chez vous l'entrée à la douleur, De vingt verres de vin entourez votre coeur.

- Lélie -
Je ne saurais manger.

- Gros-René -
(bas, à part.)
Si ferai bien, je meure. (4)
(Haut.)
Votre dîner pourtant serait prêt tout à l'heure.

- Lélie -
Tais-toi, je te l'ordonne.

- Gros-René -
Ah! quel ordre inhumain!

- Lélie -
J'ai de l'inquiétude, et non pas de la faim.

- Gros-René -
Et moi, j'ai de la faim, et de l'inquiétude De voir qu'un sot amour fait toute votre étude.

- Lélie -
Laisse-moi m'informer de l'objet de mes voeux, Et, sans m'importuner, va manger si tu veux.

- Gros-René -
Je ne réplique point à ce qu'un maître ordonne.

SCÈNE VIII. - Lélie.

- Lélie -
Non, non, à trop de peur mon âme s'abandonne: Le père m'a promis, et la fille a fait voir Des preuves d'un amour qui soutient mon espoir.

SCÈNE IX. - Sganarelle, Lélie.

- Sganarelle -
(sans voir Lélie, et tenant dans ses mains le portrait.)
Nous l'avons, et je puis voir à l'aise la trogne Du malheureux pendard qui cause ma vergogne ; Il ne m'est point connu.

- Lélie -
(à part.)
Dieux! qu'aperçois-je ici? Et si c'est mon portrait, que dois-je croire aussi?

- Sganarelle -
(sans voir Lélie.)
Ah! pauvre Sganarelle! à quelle destinée Ta réputation est-elle condamnée! Faut...

(Apercevant Lélie qui le regarde, il se retourne d'un autre côté.)

- Lélie -
(à part.)
Ce gage ne peut, sans alarmer ma foi, Être sorti des mains qui le tenaient de moi.

- Sganarelle -
(à part.)
Faut-il que désormais à deux doigts l'on te montre, Qu'on te mette en chansons, et qu'en toute rencontre On te rejette au nez le scandaleux affront Qu'une femme mal née imprime sur ton front?

- Lélie -
(à part.)
Me trompé-je?

- Sganarelle -
(à part.)
Ah! truande (5)! as-tu bien le courage De m'avoir fait cocu dans la fleur de mon âge? Et, femme d'un mari qui peut passer pour beau, Faut-il qu'un marmouset, un maudit étourneau...

- Lélie -
(à part, et regardant encore le portrait que tient Sganarelle.)
Je ne m'abuse point: c'est mon portrait lui-même.

- Sganarelle -
(lui tourne le dos.)
Cet homme est curieux.

- Lélie -
(à part.)
Ma surprise est extrême!

- Sganarelle -
(à part.)
A qui donc en a-t-il?

- Lélie -
(à part.)
Je le veux accoster.
(Haut.)
Puis-je...?
(Sganarelle veut s'éloigner.)
Eh! de grâce, un mot.

- Sganarelle -
(à part, s'éloignant encore.)
Que me veut-il conter?

- Lélie -
Puis-je obtenir de vous de savoir l'aventure Qui fait dedans vos mains trouver cette peinture?

- Sganarelle -
(à part.)
D'où lui vient ce désir? Mais je m'avise ici...
(Il examine Lélie et le portrait qu'il tient.)
Ah! ma foi, me voilà de son trouble éclairci! Sa surprise à présent n'étonne plus mon âme: C'est mon homme ; ou plutôt c'est celui de ma femme.

- Lélie -
Retirez-moi de peine, et dites d'où vous vient...

- Sganarelle -
Nous savons, Dieu merci, le souci qui vous tient ; Ce portrait qui vous fâche est votre ressemblance ; Il était en des mains de votre connaissance ; Et ce n'est pas un fait qui soit secret pour nous Que les douces ardeurs de la dame et de vous. Je ne sais pas si j'ai, dans sa galanterie, L'honneur d'être connu de votre seigneurie ; Mais faites-moi celui de cesser désormais Un amour qu'un mari peut trouver fort mauvais, Et songez que les noeuds du sacré mariage...

- Lélie -
Quoi? celle, dites-vous, dont vous tenez ce gage...

- Sganarelle -

Est ma femme, et je suis son mari.

- Lélie -
Son mari?

- Sganarelle -
Oui, son mari, vous dis-je, et mari très marri (6) ; Vous en savez la cause, et je m'en vais l'apprendre Sur l'heure à ses parents.

SCÈNE X. - Lélie.

- Lélie -
Ah! que viens-je d'entendre! L'on me avait bien dit, et que c'était de tous L'homme le plus mal fait qu'elle avait pour époux. Ah! quand mille serments de ta bouche infidèle Ne m'auraient pas promis une flamme éternelle, Le seul mépris d'un choix si bas et si honteux Devait bien soutenir l'intérêt de mes feux, Ingrate! et quelque bien... Mais ce sensible outrage, Se mêlant aux travaux d'un assez long voyage, Me donne tout à coup un choc si violent, Que mon coeur devient faible, et mon corps chancelant.

SCÈNE XI. - Lélie, La femme de Sganarelle.

- La femme de Sganarelle -
(se croyant seule.)
Malgré moi mon perfide...
(Apercevant Lélie.)
Hélas! quel mal vous presse? Je vous vois prêt, Monsieur, à tomber en faiblesse.

- Lélie -
C'est un mal qui m'a pris assez subitement.

- La femme de Sganarelle -
Je crains ici pour vous l'évanouissement ; Entrez dans cette salle, en

attendant qu'il passe.

- Lélie -
Pour un moment ou deux j'accepte cette grâce.

SCÈNE XII. - Sganarelle, un parent de la femme de Sganarelle.

- Le parent -
D'un mari sur ce point j'approuve le souci ; Mais c'est prendre la chèvre un peu bien vite aussi (7): Et tout ce que de vous je viens d'ouïr contre elle Ne conclut point, parent, qu'elle soit criminelle: C'est un point délicat, et de pareils forfaits, Sans les bien avérer, ne s'imputent jamais.

- Sganarelle -
C'est-à-dire qu'il faut toucher au doigt la chose.

- Le parent -
Le trop de promptitude à l'erreur nous expose. Qui sait comme en ses mains ce portrait est venu, Et si l'homme, après tout, lui peut être connu? Informez-vous-en donc ; et si c'est ce qu'on pense, Nous serons les premiers à punir son offense.

SCÈNE XIII. - Sganarelle.

- Sganarelle -
On ne peut pas mieux dire ; en effet, il est bon D'aller tout doucement. Peut-être, sans raison Me suis-je en tête mis ces visions cornues (8), Et les sueurs au front m'en sont trop tôt venues. Par ce portrait enfin dont je suis alarmé, Mon déshonneur n'est pas tout à fait confirmé. Tâchons donc par nos soins...

SCÈNE XIV. - Sganarelle, la femme de Sganarelle, sur la porte de sa maison, reconduisant Lélie ; Lélie.

- Sganarelle -
(à part, les voyant.)
Ah! que vois-je? Je meure! Il n'est plus question de portrait à cette heure: Voici, ma foi, la chose en propre original.

- La femme de Sganarelle -
C'est par trop vous hâter, Monsieur ; et votre mal, Si vous sortez si tôt, pourra bien vous reprendre.

- Lélie -
Non, non, je vous rends grâce, autant qu'on puisse rendre Du secours obligeant que vous m'avez prêté.

- Sganarelle -
(à part.)
La masque encore après lui fait civilité!
(La femme de Sganarelle rentre dans sa maison.)

SCÈNE XV. - Sganarelle, Lélie.

- Sganarelle -
(à part.)
Il m'aperçoit ; voyons ce qu'il me pourra dire.

- Lélie -
(à part.)
Ah! mon âme s'émeut, et cet objet m'inspire... Mais je dois condamner cet injuste transport, Et n'imputer mes maux qu'aux rigueurs de mon sort. Envions seulement le bonheur de sa flamme.
(En s'approchant de Sganarelle.)
Oh! trop heureux d'avoir une si belle femme!

SCÈNE XVI. - Sganarelle ; Célie, à sa fenêtre, voyant Lélie qui s'en va.

- Sganarelle -
(seul.)
Ce n'est point s'expliquer en termes ambigus. Cet étrange propos me rend aussi confus Que s'il était venu des cornes à la tête.
(Regardant le côté par où Lélie est sorti.)
Allez, ce procédé n'est point du tout honnête.

- Célie -
(à part, en rentrant.)
Quoi! Lélie a paru tout à l'heure à mes yeux! Qui pourrait me cacher son retour en ces lieux?

- Sganarelle -
(sans voir Célie.)
Oh! trop heureux d'avoir une si belle femme! Malheureux bien plutôt de l'avoir cette infâme, Dont le coupable feu, trop bien vérifié, Sans respect ni demi nous a cocufié! Mais je le laisse aller après un tel indice, Et demeure les bras croisés comme un jocrisse (9)! Ah! je devais du moins lui jeter son chapeau, Lui ruer quelque pierre, ou crotter son manteau, Et sur lui hautement, pour contenter ma rage, Faire au larron d'honneur crier le voisinage.
(Pendant le discours de Sganarelle, Célie s'approche peu à peu, et attend, pour lui parler, que son transport soit fini.)

- Célie -
(à Sganarelle.)
Celui qui maintenant devers vous est venu, Et qui vous a parlé, d'où vous est-il connu?

- Sganarelle -
Hélas! ce n'est pas moi qui le connaît, Madame ; C'est ma femme.

- Célie -
Quel trouble agite ainsi votre âme!

- Sganarelle -
Ne me condamnez point d'un deuil hors de saison, Et laissez-moi

pousser des soupirs à foison.

- Célie -
D'où vous peuvent venir ces douleurs non communes?

- Sganarelle -
Si je suis affligé, ce n'est pas pour des prunes (10), Et je le donnerais à bien d'autres qu'à moi, De se voir sans chagrin au point où je me voi. Des maris malheureux vous voyez le modèle: On dérobe l'honneur au pauvre Sganarelle ; Mais c'est peu que l'honneur dans mon affliction: L'on me dérobe encor la réputation.

- Célie -
Comment?

- Sganarelle -
Ce damoiseau, parlant par révérence, Me fait cocu, Madame, avec toute licence ; Et j'ai su par mes yeux avérer aujourd'hui Le commerce secret de ma femme et de lui.

- Célie -
Celui qui maintenant...

- Sganarelle -
Oui, oui, me déshonore ; Il adore ma femme, et ma femme l'adore.

- Célie -
Ah! j'avais bien jugé que ce secret retour Ne pouvait me couvrir que quelque lâche tour ; Et j'ai tremblé d'abord, en le voyant paraître, Par un pressentiment de ce qui devait être.

- Sganarelle -
Vous prenez ma défense avec trop de bonté ; Tout le monde n'a pas la même charité ; Et plusieurs qui tantôt ont appris mon martyre, Bien loin d'y prendre part, n'en ont rien fait que rire.

- Célie -
Est-il rien de plus noir que ta lâche action? Et peut-on lui trouver une punition? Dois-tu ne te pas croire indigne de la vie, Après t'être souillé de cette perfidie? Ô ciel! est-il possible?

- Sganarelle -
Il est trop vrai pour moi.

- Célie -
Ah! traître! scélérat! âme double et sans foi!

- Sganarelle -
La bonne âme!

- Célie -
Non, non, l'enfer n'a point de gêne Qui ne soit pour ton crime une trop douce peine.

- Sganarelle -
Que voilà bien parler!

- Célie -
Avoir ainsi traité Et la même innocence et la même bonté!

- Sganarelle -
(soupire haut.)
Haie!

- Célie -
Un coeur qui jamais n'a fait la moindre chose À mériter l'affront où ton mépris l'expose!

- Sganarelle -
Il est vrai.

- Célie -
Qui bien loin... Mais c'est trop, et ce coeur Ne saurait y songer sans mourir de douleur.

- Sganarelle -
Ne vous fâchez pas tant, ma très chère Madame, Mon mal vous touche trop, et vous me percez l'âme.

- Célie -
Mais ne t'abuse pas jusqu'à te figurer Qu'à des plaintes sans fruit j'en

veuille demeurer: Mon coeur, pour se venger, sait ce qu'il te faut faire, Et j'y cours de ce pas ; rien ne m'en peut distraire.

SCÈNE XVII. - Sganarelle.

- Sganarelle -
Que le ciel la préserve à jamais de danger! Voyez quelle bonté de vouloir me venger! En effet, son courroux, qu'excite ma disgrâce, M'enseigne hautement ce qu'il faut que je fasse ; Et l'on ne doit jamais souffrir, sans dire mot, De semblables affronts, à moins qu'être un vrai sot. Courons donc le chercher, ce pendard qui m'affronte: Montrons notre courage à venger notre honte. Vous apprendrez, maroufle, à rire à nos dépens, Et, sans aucun respect, faire cocus les gens.
(Il revient après avoir fait quelques pas.)
Doucement, s'il vous plaît ; cet homme a bien la mine D'avoir le sang bouillant et l'âme un peu mutine ; Il pourrait bien, mettant affront dessus affront, Charger de bois mon dos comme il a fait mon front. Je hais de tout mon coeur les esprits colériques, Et porte grand amour aux hommes pacifiques ; Je ne suis point battant, de peur d'être battu, Et l'humeur débonnaire est ma grande vertu. Mais mon honneur me dit que d'une telle offense Il faut absolument que je prenne vengeance: Ma foi! laissons-le dire autant qu'il lui plaira: Au diantre qui pourtant rien du tout en fera! Quand j'aurai fait le brave, et qu'un fer, pour ma peine, M'aura d'un vilain coup transpercé la bedaine, Que par la ville ira le bruit de mon trépas, Dites-moi, mon honneur, en serez-vous plus gras? La bière est un séjour par trop mélancolique, Et trop malsain pour ceux qui craignent la colique. Et quant à moi, je trouve, ayant tout compassé, Qu'il vaut mieux être encor cocu que trépassé: Quel mal cela fait-il? la jambe en devient-elle Plus tortue, après tout, et la taille moins belle? Peste soit qui premier trouva l'invention De s'affliger l'esprit de cette vision, Et d'attacher l'honneur de l'homme le plus sage Aux choses que peut faire une femme volage! Puisqu'on tient, à bon droit, tout crime personnel, Que fait là notre honneur pour être criminel? Des actions d'autrui l'on nous donne le blâme: Si nos femmes sans nous ont un commerce infâme, Il faut que tout le mal tombe sur notre dos: Elles font la sottise, et nous sommes les sots. C'est un vilain abus, et les gens de police Nous devraient bien régler une telle injustice. N'avons-nous pas assez des autres accidents Qui nous viennent happer en dépit de

nos dents? Les querelles, procès, faim, soif et maladie, Troublent-ils pas assez le repos de la vie, Sans s'aller de surcroît aviser sottement De se faire un chagrin qui n'a nul fondement? Moquons-nous de cela, méprisons les alarmes, Et mettons sous nos pieds les soupirs et les larmes. Si ma femme a failli, qu'elle pleure bien fort ; Mais pourquoi, moi, pleurer, puisque je n'ai point tort? En tout cas, ce qui peut m'ôter ma fâcherie, C'est que je ne suis pas seul de ma confrérie. Voir cajoler sa femme, et n'en témoigner rien, Se pratique aujourd'hui par force gens de bien. N'allons donc point chercher à faire une querelle Pour un affront qui n'est que pure bagatelle. L'on m'appellera sot, de ne me venger pas: Mais je le serais fort, de courir au trépas.
(Mettant la main sur sa poitrine.)
Je me sens là pourtant remuer une bile Qui veut me conseiller quelque action virile. Oui, le courroux me prend ; c'est trop être poltron: Je veux résolument me venger du larron. Déjà, pour commencer, dans l'ardeur qui m'enflamme, Je vais dire partout qu'il couche avec ma femme.

SCÈNE XVIII. - Gorgibus, Célie, la suivante de Célie.

- Célie -
Oui, je veux bien subir une si juste loi, Mon père, disposez de mes voeux et de moi ; Faites, quand vous voudrez, signer cet hyménée: À suivre mon devoir je suis déterminée ; Je prétends gourmander mes propres sentiments, Et me soumettre en tout à vos commandements.

- Gorgibus -
Ah! voilà qui me plaît, de parler de la sorte. Parbleu, si grande joie à l'heure me transporte, Que mes jambes sur l'heure en caprioleraient (11), Si nous n'étions point vus de gens qui s'en riraient! Approche-toi de moi, viens çà ; que je t'embrasse. Une telle action n'a pas mauvaise grâce ; Un père, quand il veut, peut sa fille baiser, Sans que l'on ait sujet de s'en scandaliser. Va, le contentement de te voir si bien née Me fera rajeunir de dix fois une année.

SCÈNE XIX. - Célie, la suivante de Célie.

- La suivante -
Ce changement m'étonne.

- Célie -
Et lorsque tu sauras Par quel motif j'agis, tu m'en estimeras.

- La suivante -
Cela pourrait bien être.

- Célie -
Apprends donc que Lélie A pu blesser mon coeur par une perfidie ; Qu'il était en ces lieux sans...

- La suivante -
Mais il vient à nous.

SCÈNE XX. - Lélie, Célie, la suivante de Célie.

- Lélie -
Avant que pour jamais je m'éloigne de vous, Je veux vous reprocher au moins en cette place...

- Célie -
Quoi! me parler encore! avez-vous cette audace?

- Lélie -
Il est vrai qu'elle est grande ; et votre choix est tel, Qu'à vous rien reprocher je serais criminel. Vivez, vivez contente, et bravez ma mémoire, Avec le digne époux qui vous comble de gloire.

- Célie -
Oui, traître, j'y veux vivre ; et mon plus grand désir, Ce serait que ton coeur en eût du déplaisir.

- Lélie -
Qui rend donc contre moi ce courroux légitime?

- Célie -
Quoi? tu fais le surpris, et demandes ton crime?

SCÈNE XXI. - Célie, Lélie, Sganarelle, armé de pied en cap ; la suivante de Célie.

- Sganarelle -
Guerre! guerre mortelle à ce larron d'honneur Qui, sans miséricorde, a souillé notre honneur!

- Célie -
(à Lélie, lui montrant Sganarelle.)
Tourne, tourne les yeux, sans me faire répondre.

- Lélie -
Ah! je vois...

- Célie -
Cet objet suffit pour te confondre.

- Lélie -
Mais pour vous obliger bien plutôt à rougir.

- Sganarelle -
(à part.)
Ma colère à présent est en état d'agir ; Dessus ses grands chevaux est monté mon courage (12), Et si je le rencontre, on verra du carnage. Oui, j'ai juré sa mort ; rien ne peut l'empêcher. Où je le trouverai, je le veux dépêcher.
(Tirant son épée à demi, il approche de Lélie.)
Au beau milieu du coeur il faut que je lui donne...

- Lélie -
(se retournant.)
A qui donc en veut-on?

- Sganarelle -
Je n'en veux à personne.

- Lélie -
Pourquoi ces armes-là?

- Sganarelle -
C'est un habillement Que j'ai pris pour la pluie.
(à part.)
Ah! quel contentement J'aurais à le tuer! Prenons-en le courage.

- Lélie -
(se retournant encore.)
Hai?

- Sganarelle -
Je ne parle pas.
(A part, après s'être donné des soufflets pour s'exciter.)
Ah! poltron, dont j'enrage, Lâche, vrai coeur de poule!

- Célie -
(à Lélie.)
Il t'en doit dire assez, Cet objet dont tes yeux nous paraissent blessés.

- Lélie -
Oui, je connais par là que vous êtes coupable De l'infidélité la plus inexcusable Qui jamais d'un amant puisse outrager la foi.

- Sganarelle -
(à part.)
Que n'ai-je un peu de coeur!

- Célie -
Ah! cesse devant moi, Traître, de ce discours l'insolence cruelle!

- Sganarelle -
(à part.)
Sganarelle, tu vois qu'elle prend ta querelle! Courage, mon enfant, sois un peu vigoureux. Là, hardi! tâche à faire un effort généreux, En le tuant tandis qu'il tourne le derrière.

- Lélie -
(faisant deux ou trois pas sans dessein, fait retourner Sganarelle qui s'approchait pour le tuer.)
Puisqu'un pareil discours émeut votre colère, Je dois de votre coeur me montrer satisfait, Et l'applaudir ici du beau choix qu'il a fait.

- Célie -
Oui, oui, mon choix est tel qu'on n'y peut rien reprendre.

- Lélie -
Allez, vous faites bien de le vouloir défendre.

- Sganarelle -
Sans doute, elle fait bien de défendre mes droits. Cette action, Monsieur, n'est point selon les lois: J'ai raison de m'en plaindre ; et, si je n'étais sage, On verrait arriver un étrange carnage.

- Lélie -
D'où vous naît cette plainte, et quel chagrin brutal...?

- Sganarelle -
Suffit. Vous savez bien où le bât me fait mal ; Mais votre conscience et le soin de votre âme Vous devraient mettre aux yeux que ma femme est ma femme: Et vouloir, à ma barbe, en faire votre bien, Que ce n'est pas du tout agir en bon chrétien.

- Lélie -
Un semblable soupçon est bas et ridicule. Allez, dessus ce point n'ayez aucun scrupule: Je sais qu'elle est à vous, et, bien loin de brûler...

- Célie -
Ah! qu'ici tu sais bien, traître, dissimuler!

- Lélie -
Quoi? me soupçonnez-vous d'avoir une pensée De qui son âme ait lieu de se croire offensée? De cette lâcheté voulez-vous me noircir?

- Célie -
Parle, parle à lui-même, il pourra t'éclaircir.

- Sganarelle -
(à Célie.)
Vous me défendez mieux que je ne saurais faire: Et du biais qu'il faut vous prenez cette affaire.

SCÈNE XXII. - Célie, Lélie, Sganarelle, la femme de Sganarelle, la suivante de Célie.

- La femme de Sganarelle -
Je ne suis point d'humeur à vouloir contre vous Faire éclater, Madame, un esprit trop jaloux ; Mais je ne suis point dupe, et vois ce qui se passe: Il est de certains feux de fort mauvaise grâce ; Et votre âme devrait prendre un meilleur emploi, Que de séduire un coeur qui doit n'être qu'à moi.

- Lélie -
La déclaration est assez ingénue.

- Sganarelle -
(à sa femme.)
L'on ne demandait pas, carogne, ta venue: Tu la viens quereller lorsqu'elle me défend, Et tu trembles de peur qu'on t'ôte ton galant.

- Célie -
Allez, ne croyez pas que l'on en ait envie.
(Se tournant vers Lélie.)
Tu vois si c'est mensonge ; et j'en suis fort ravie.

- Lélie -
Que me veut-on conter?

- La suivante -
Ma foi, je ne sais pas Quand on verra finir ce galimatias ; Déjà depuis longtemps je tâche à le comprendre, Et si, plus je l'écoute (13), et moins je puis l'entendre, Je vois bien à la fin que je m'en dois mêler.
(Elle se met entre Lélie et sa maîtresse.)
Répondez-moi par ordre, et me laissez parler.

(A Lélie.)
Vous, qu'est-ce qu'à son coeur peut reprocher le vôtre?

- Lélie -
Que l'infidèle a pu me quitter pour un autre ; Que lorsque, sur le bruit de son hymen fatal, J'accours tout transporté d'un amour sans égal, Dont l'ardeur résistait à se croire oubliée, Mon abord en ces lieux la trouve mariée.

- La suivante -
Mariée! à qui donc?

- Lélie -
(Montrant Sganarelle.)
A lui.

- La suivante -
Comment, à lui?

- Lélie -
Oui-dà!

- La suivante -
Qui vous l'a dit?

- Lélie -
C'est lui-même, aujourd'hui.

- La suivante -
(à Sganarelle.)
Est-il vrai?

- Sganarelle -
Moi? J'ai dit que c'était à ma femme, Que j'étais marié.

- Lélie -
Dans un grand trouble d'âme, Tantôt de mon portrait je vous ai vu saisi.

- Sganarelle -
Il est vrai: le voilà.

- Lélie -
(à Sganarelle.)
Vous m'avez dit aussi Que celle aux mains de qui vous aviez pris ce gage était liée à vous des noeuds du mariage.

- Sganarelle -
(montrant sa femme.)
Sans doute. Et je l'avais de ses mains arraché ; Et n'eusse pas sans lui découvert son péché.

- La femme de Sganarelle -
Que me viens-tu conter par ta plainte importune? Je l'avais sous mes pieds rencontré par fortune ; Et même, quand, après ton injuste courroux,
(Montrant Lélie.)
J'ai fait, dans sa faiblesse, entrer monsieur chez nous, Je n'ai pas reconnu les traits de sa peinture.

- Célie -
C'est moi qui du portrait ai causé l'aventure ; Et je l'ai laissé choir en cette pâmoison,
(À Sganarelle.)
Qui m'a fait par vos soins remettre à la maison.

- La suivante -
Vous voyez que sans moi vous y seriez encore, Et vous aviez besoin de mon peu d'ellébore.

- Sganarelle -
(à part.)
Prendrons-nous tout ceci pour de l'argent comptant? Mon front l'a, sur mon âme, eu bien chaude pourtant.

- la femme de Sganarelle -
Ma crainte toutefois n'est pas trop dissipée, Et, d'où que soit le mal, je crains d'être trompée.

- Sganarelle -
(à sa femme.)
Hé! mutuellement, croyons-nous gens de bien ; Je risque plus du mien que tu ne fais du tien. Accepte sans façon le parti qu'on propose.

- la femme de Sganarelle -
Soit. Mais gare le bois si j'apprends quelque chose!

- Célie -
(à Lélie, après avoir parlé bas ensemble.)
Ah! dieux! s'il est ainsi, qu'est-ce donc que j'ai fait? Je dois de mon courroux appréhender l'effet. Oui, vous croyant sans foi, j'ai pris pour ma vengeance Le malheureux secours de mon obéissance ; Et depuis un moment, mon coeur vient d'accepter Un hymen que toujours j'eus lieu de rebuter. J'ai promis à mon père ; et ce qui me désole... Mais je le vois venir.

- Lélie -
Il me tiendra parole.

SCÈNE XXIII. - Gorgibus, Célie, Lélie, Sganarelle, la femme de Sganarelle, la suivante de Célie.

- Lélie -
Monsieur, vous me voyez en ces lieux de retour, Brûlant des mêmes feux ; et mon ardent amour Verra, comme je crois, la promesse accomplie Qui me donna l'espoir de l'hymen de Célie.

- Gorgibus -
Monsieur, que je revois en ces lieux de retour, Brûlant des mêmes feux, et dont l'ardente amour Verra, que vous croyez, la promesse accomplie Qui vous donne l'espoir de l'hymen de Célie, Très humble serviteur à Votre seigneurie.

- Lélie -
Quoi? Monsieur, est-ce ainsi qu'on trahit mon espoir?

- Gorgibus -
Oui, Monsieur, c'est ainsi que je fais mon devoir: Ma fille en suit les lois.

- Célie -
Mon devoir m'intéresse, Mon père, à dégager vers lui votre promesse.

- Gorgibus -
Est-ce répondre en fille à mes commandements? Tu te démens bientôt de tes bons sentiments. Pour Valère tantôt... Mais j'aperçois son père: Il vient assurément pour conclure l'affaire.

SCÈNE XXIV. - Villebrequin, Gorgibus, Célie, Lélie, Sganarelle, la femme de Sganarelle, la suivante de Célie.

- Gorgibus -
Qui vous amène ici, seigneur Villebrequin?

- Villebrequin -
Un secret important, que j'ai su ce matin, Qui rompt absolument ma parole donnée. Mon fils, dont votre fille acceptait l'hyménée, Sous des liens cachés trompant les yeux de tous, Vit depuis quatre mois avec Lise en époux, Et, comme des parents le bien et la naissance M'ôtent tout le pouvoir d'en casser l'alliance, Je vous viens...

- Gorgibus -
Brisons là. Si, sans votre congé, Valère votre fils ailleurs s'est engagé, Je ne vous puis celer que ma fille Célie Dès longtemps par moi-même est promise à Lélie ; Et que, riche en vertus, son retour aujourd'hui M'empêche d'agréer un autre époux que lui.

- Villebrequin -
Un tel choix me plaît fort.

- Lélie -
Et cette juste envie D'un bonheur éternel va couronner ma vie.

- Gorgibus -
Allons choisir le jour pour se donner la foi.

- Sganarelle -
(seul.)
A-t-on mieux cru jamais être cocu que moi! Vous voyez qu'en ce fait la plus forte apparence Peut jeter dans l'esprit une fausse créance. De cet exemple-ci ressouvenez-vous bien ; Et, quand vous verriez tout, ne croyez jamais rien.